KB076387

풍경소리

풍경소리

박갑성

시집

예미

시는 무엇일까?

삶의 밑바닥과 꿈 사이에서

자유로운 영혼을 탐닉하는 한 인간의 독백 같은

저울대 위에 평행을 유지하려는

추의 떨림 같은

팽팽한 긴장감 같은 게 시라고 생각한다

살면서 문득문득 써 두었던 독백과

동백처럼 툭 떨어지는 찰나의 사유 같은

설익은 속살을 이제는 만나고 싶다

글쓰기의 모티브가 될 수 있도록 격려해주었던

SK텔레콤에서 만난 많은 인연과

평소 표현이 거칠고 투박한 사랑하는 가족

그야말로

소탈한 들꽃 같은 꿈 하나 툭 던져 놓는다

차
례

엄지 족

정말 빠르다
엄지로 사랑의 꽃씨를 심으면
사랑의 꽃말로 날아와
엄지족 얼굴에 꽃이 핀다
바보처럼 웃는다
행복하게 웃는다
부호화되어 허공을 수놓는
사랑의 밀어를
엄지족만이 알고 있다

노부의 대화

노부가
노부에게 말을 건넨다
어젯밤 김씨가 죽었다고 하더군
갑자기 왜
암이었다고 하네
두 노부는 믿기지 않는 눈빛으로
지하철 네줄서기 앞에서
두 눈을 감고
부록의 삶을 저울질하고 있다

봄의 권유

낙서를 지우개로 지우는 첫사랑처럼 다가와
엄동설한 오랜 침묵과 기다림의 절정을
꽃으로 피워내는 새순들의 반란과 같다
봄은

솔솔바람에 춤추는 꽃잎들의 승무
어젯밤 첫사랑의 꿈처럼 짧기만 하여라
꽃잎 한 잎 한 잎 떨어질 때 줄어드는
봄은*

* 두보 곡강시 일편화비감각춘(一片花飛感却春)

그

노모의 등은 기역(ㄱ)이다
걸음을 옮길 때마다 파란 하늘과 붉은 노을의
직선은 보지 못한다
그 시선은
돌과 흙과 풀의 가장 가까운 경계에서
일흔일곱의 생애가 영원히
유턴할 수 없는 으(ㅡ)로 지고 있다
자음과 모음으로 살아온 노모의 삶은
훈민정음처럼 낮으면서도 찬란한 빛과 같다

어느 날 아침의 단상

안경을 쓰고 세수를 하는 날 있지 안경을 쓰고 스킨을 얼굴에 바르는 날 있다 세상은 자욱한 물안개 고장 난 시스템처럼 환청을 들어야 한다 어젯밤이었을 것이다 휴대폰 문자 메시지가 피를 토해내고 알람은 늦은 밤까지 울었다 살다 보면 알게 된다 내 문제가 아니어서 다행이라는 생각 속에 누군가의 힘겨웠던 독백이 새벽녘 유리창에 성에로 내려앉는다 을지로 입구를 지나 을지로3가에서 내렸다 때론 목적지를 잊고 살아야 하는 날들이 많아진다 안경을 끼고 세수를 하는 물속 같은 삶 과속 페달을 밟고 서서 제어되지 않는다고 투덜대는 나 위로해줄 수 없는 서로의 눈길이 멀다 YTN 뉴스에서 일곱 시를 알린다

Web발신 _ Network 작업 관련 특이사항 없습니다

가슴앓이

임이 오려나
까만 밤을 하얗게 지새웠네
삼경에 들려오는 은은한 다듬이 소리
눈꺼풀이 흐느껴 애태우는 이 밤에
오신다더니 임은 아니 오고
문풍지를 울리는 바람 소리만 가득 싣고 오네

사랑합니다

기분 좋은 봄날입니다
날씨가 너무 좋아서 콧노래가 나오려고 합니다
후리지아 꽃입니다
향기가 너무 좋아 몇 번을 망설이며 샀습니다
꽃이 활짝이면 우리 방안은
후리지아 꽃향기로 그윽할 것입니다
힘든 하루하루 꽃향기를 맡으며 잠시나마 이겨냅시다
당신 너무 고생 많습니다
사랑합니다

바래길

너는
앵강만*을 붉게 적시는 석양에 물들어 본 일이 있는가
유년의 기억으로 책장을 넘기면
아내처럼 고운 어머니가 걸어 나와 바지락을 캐고
쏙 구멍에 된장을 풀어놓으면
뜨겁게 달궈진 구멍마다 머리를 내미는데
저 멀리 노도
서포*가 유배 생활을 했던 섬 안에 섬
유린당한 상흔이 등을 밝히고 나의 오늘을 묻는데
상사바위 돌 속에 박힌 사랑은 상사화로 피어나
한 올 한 올 비단으로 감싸 안았고
썰물과 밀물로 헐거워진 바래길
길은 끊기고 멀어진 간극 사이로 해는 저무는데
어머니가 바닷속으로 걸어간다

* 지중해의 정취를 물씬 느끼게 하는 조용한 호수 같은 바다 경남 남해군 남
  면, 이동면, 상주면에 걸친 9개 마을의 삶과 애환이 고스란히 간직돼 있는
  곳이다
* 조선시대 문신이자 소설가 김만중의 호 경남 남해 노도 유배지에서 구운몽
  을 씀

현기증

지하철 개찰구
사원증을 갖다 대고
문이 열리지 않는다고
조급해지는 날 있다

아파트 현관문
서랍장 잠근 번호를 누르고
문이 열리지 않는다고
투덜대는 날 있다

익숙함과
무관심으로
늘 그렇게 살아왔다

버리고 싶어도
쉽게 버려지지 않는
잊고 싶어도
쉽게 잊혀지지 않는
현기증

춘(春)

허물 벗는
입술 위로 봄이 온다
시리게 시리게 온다
봄비 내리고
붉은 동백 피고 나면
봄은 수줍음 많은
새색시 입술 같다

성(城)

바람이 분다
어디서 불어
어디로 흘러가는 바람인지는 모르나
나뭇잎에 스친다
떨어지면 어떡하나
쓰러지면 안 되는데
바람은
성(城)을 수없이 무너뜨리려 한다

천명(天命)

얕은 지식으로
절반의 삶을 너머
여기까지 왔구나

울고 싶어도
차마 울 수 없었던
그 눈물 참아내며

내 삶은 없고
네 무늬를 흉내 내느라
마음속 길은 열두 갈래

언제쯤
천명(天命)을 알아
그곳에 닿을 수 있을까
펑펑 소리 내어 울 수 있을까

어떤 꿈

새벽녘
길 위에서 꿈을 꾼다
꾸다가
쓰다가
지우다가
늦은 밤
길 위에서 꿈을 잃었다

분양사무실

저런
성냥갑 하나 가졌으면 좋겠다
저녁이 되면
등불처럼 켜는 꿈 하나
성냥갑 속에
하나의 성냥개비로 누워
성냥개비가 성냥갑을 애무하면
용광로처럼 붉게 타는
꿈 하나 지펴 놓고
희미한 등불로도 행복해지는
그런 저녁을 맞이하고 싶다

LTE 품질로 수족(手足)이 시린 나목(裸木)

나도 너처럼

힘들게 서 있었던 하루였다

K형

가을편지

나도 단풍 같은 사람이 될 수 있을까
부끄러운 마음 건네면
내 마음도 고운 단풍으로 붉게 물드는
그런 사람이 될 수 있을까

나도 낙엽이 될 수 있을까
낱장처럼 길 위에 떨어져
작은 바람에도 바스락거리는
노래하는 낙엽으로 저물 수 있을까

나도 나무처럼 욕심 하나
내려놓을 수 있을까
나이 들면 늘어만 가는 욕심들을
잘 말려서 책갈피 속에 갈무리할 수 있을까

향기로운 사람이 되고 싶다
낙엽을 태우면
에스프레소 진한 커피 향 같은
그런 사람이 되고 싶다

꿈을 잃은 물고기

한때는 푸른 꿈을 꾸었지 심해를 유영하던 물고기 수평과 수직이 자유롭던 은빛처럼 마알간 영혼을 가졌었지 어느 날 두꺼운 유리 벽에 갇혀 자유를 꿈꾸다가 유리 벽에 머리를 박고 깨지고 비늘이 벗겨질 때쯤 사람들이 외치는 소리에 놀라 눈을 뜬다 잡어회, 처음처럼 한 병 그럴 때마다 심장이 쿵쿵거린다 뜰채가 들어오고 살기 위해 살갗이 벗겨지도록 몸부림친다 그러다가 한바탕 폭풍이 지나가고 그 폭풍의 시간을 잊고 마는 자유를 유린당한 수족관에서 유린당한 자유마저 익숙해질 때쯤 수족관과 바깥세상 사이에서 꿈을 꾼다 꿈을 꾸다가 꿈을 잃은 물고기

사랑초

선분홍 꽃이
보라색 잎새에
한 마리 나비가 되어 날아갑니다

늪

시월은
불꽃에 매혹되어
그 속으로 뛰어드는 나방들의 죽음과 같다
인사이동이 시작되고
줄서기는 가재미 눈처럼 번거롭다
정제되지 않은 낱말들이
날파리처럼 허공을 날아 떨어진다
인연이 지고 또 다른 인연이 시작되고
그 무엇에 집착한다 집착;
집착 하나를 가지면
하나에 얽매이는 삶 조루하다
평생 경쟁하고
학습하고
순위가 매겨지는 세상
외줄서기
꼭 잡고 있다

다이어리

깨알 같은 삶의 흔적을 모조리 휴지통에 버리던 날
먼지만 한 미토콘드리아 조각들이
칼바람처럼 운다

내가 버린 다이어리
삼백육십오 일간의 기록을 태우면 어떤 냄새가 날까

Global ICT Leader
Speedy한 실행
LTE서비스품질
Market Top 수준의 실력
인공지능(AI)
사물인터넷(IoT)
Deep Change
전쟁 같았던 언어의 수평과 수직이
쿵쿵거리며 내게 온다

환경미화원이 비워버린 휴지통엔
지키지 못했던 약속과
버림받은 꿈의 파편들이
대상포진 바이러스처럼 혈관을 타고
진종일 괴롭혔다

한 해를 마감하고 잊는 일이란
미등처럼 슬퍼
애잔한 눈빛으로
수고했다는 청아한 언어로
사랑한다는 속마음만 건네도
마법에 걸린 것처럼 눈물 난다

깨알 같은 삶의 흔적을 휴지통에 버리던 날
기억 속에 남아있는 초심을 붙잡고
십이월의 끝자락에서 서성이고 있는 나

나는 수험생 아버지입니다

가슴 뛰는 날 있지 수험생 부모로 살다 보면 한 번쯤은 부딪치는 일 죄인처럼 살았다며 온종일 발을 동동 구르는 날 있지 수험생으로 보낸 딸 아이의 모래성 같은 시간과 낙엽처럼 바스락거리는 화장기 하나 없는 아내의 얼굴을 보면서 눈물을 참는 것조차 죄가 되는 날 있지 얘야 힘내라 오늘 하루만이라도 시험을 치르는 교정 앞에서 너를 위해 기도해야겠다 넌 삼 년을 가슴 시리게 기다려왔는데 하루의 기다림과 기도가 이렇게 남루하고 아플 줄을 몰랐구나 이 기도와 이 바램과 이 사랑이 너에게 너에게로 다가가 꽃비처럼 내렸으면 좋겠다 감옥 같은 교문 앞에 무슨 큰 죄라도 지은 것처럼 사람들이 하나둘 모여들고 교문이 열리자 시험을 끝낸 아이들이 소나기처럼 쏟아지는데 부둥켜안고 우는 아이 깔깔대며 웃는 아이 고개를 떨구는 아이 침묵하는 아이 이름을 호명하는 소리 얘야 고생 많았다 여보 수고했구려 위로의 말이 이렇게도 가난할 줄이야 아픈 마음이 낙엽처럼 발자국에 부서질 줄이야 차마 사랑한다는 말조차 건네지 못하고 가슴속에 품고 마는 나는 수험생 아버지입니다

Morning Calm

Kahlua 한 잔을 놓고
오래된 생각을 애무한다

사랑하는 사람이
파도 집을 헤집고 걸어 나오면

밀물과 썰물은
기억의 배경이 되고

우연이 필연이었으면
좋을 것 같은

Morning Calm*
찻잔 속의 만조

* 부산 해운대 송정 통나무집 레스토랑

논술고사장

얼음장처럼 차가운 바닥 신문지를 깔고 앉아 있다 냉기
가 온몸을 유린한다 학부모 대기실은 북새통 하나둘 일회
용 커피를 들고 뜨거운 김을 불어내자 수험생으로 살아온
아이들의 고단했던 삶이 안경알 성에로 자욱하다 한때는
길을 잃고 아이와 사투했던 일이 종종 있었다 아이들의 곡
선과 어른들의 직선 사이에서 평행선은 계속되었고 상처
로 가슴 아픈 날들이 많았다 기다림의 긴 터널을 지나 여
기까지 왔지만 시선은 창문 너머 겨울나무에 매달린 서너
장의 나뭇잎과 가늠할 수 없는 시간을 저울질한다 아내의
입가에 고목 껍질처럼 달라붙은 부스럼 그 깊은 상처처럼
기다림은 깊고도 깊다 깊어서 숨을 쉴 수가 없다 신문지
한 장으로 냉기와 온기를 빨아 당기며 맨바닥에 앉아서 꿈
을 꾼다 티브이에서 논술고사장 풍경과 겨울 들어 가장 추
운 날씨라며 기상캐스터 목소리에 모아진 두 손 흔들리고
있다

눈 사랑

눈 내리는 날
골목길에서 장난꾸러기 꼬마아이들이
눈사람을 만든다
코가 삐뚤 입이 빼뚤 꿈이 커져 간다

눈 내리는 날
길 위에서 눈을 맞으면
꼬마아이들이 만든 눈사람처럼
따스한 눈 사랑으로
네게 얹히고 싶다

섬

사람과 사람
생각과 생각 사이에는
섬이 존재한다
그 섬들을 가슴으로 이을 수는 없을까

일과 일
경쟁과 경쟁 사이에는
섬이 존재한다
그 섬들을 사랑으로 안을 수는 없을까

이제는 그 섬에 가 닿고 싶다

꽃잎 사랑

꽃잎이 바람에 솜사탕처럼 진다
생(生)을 못다 한 꽃잎들은 한걸음도 가지 못하고
그렇게 초연하게 떨어져서
어미 젖가슴에 꽃 무덤을 만들어 젖을 빨고 있구나

꽃잎이 바람에 춤을 춘다
생(生)을 다한 꽃잎들은 하얀 눈송이처럼
너울너울 날아서
하얀 여백에 꽃무늬로 수를 놓고 있구나

정해지지 않은 시간을 따라
어미 젖가슴에
하얀 여백에
그렇게 떨어져서 무심천(無心天)을 떠가는 꽃님이여
생을 다한 꽃잎은 꽃잎대로
생을 다하지 못한 꽃잎은 꽃잎대로
그대의 생을 나누는 이 없어 추락은 눈부시구나

우리의 삶도
정해지지 않은 시간을 따라
한 잎 두 잎 꽃잎으로 저물 수 있다면
은유의 삶을 살고 파서
꽃잎들의 미분을 마음속에 쓸어 담고 있구나

첫사랑

첫사랑은
한 편의 시와 같은 것
시처럼 만나서
시처럼 사랑하고
시처럼 이별했네
첫사랑은
한 편의 시와 같은 것
시처럼 연민하고
시처럼 채워지고
시처럼 행복해지길
문득
안개꽃으로 물드는 그리움 같았으면 좋겠네

생각

겨울밤
보름달이 빚어내는 빛은 달항아리 같다
그 빛으로 들어가
당신과 하나 되기 위해
당신의 세계 안에서 꿈꾸는 것은
찬란한 상감 청자였다
생각은
판화 위에 조각된 무수한 점으로 이어져
슬픔이 되고
기쁨이 되고
빗살무늬로 집 하나 짓은 일이다

봄 앓이

꽃샘추위에
새 생명이 파르르 떨며 비상하는 삼월은 눈부시다
동면의 긴 터널을 지나 갓난아이 울음처럼
얼마나 아름답고 찬란한가

손으로 새순을 만지면
금시라도 부드러운 속살로 물이 오르는데
눈길 한번 건네지 않고 찾아오는 봄은
새색시 고운 볼에 수줍음이 꽃망울 되어 걸렸구나

생명과 감사의 말씨가 은어 비늘처럼 빛나고
행복이 빗살무늬로 빚어지는 삼월은
봄이 주는 커다란 선물이라는 것을 알겠다

창문을 열고
가슴을 열고
3월의 춘향에 흠뻑 젖다 보면
봄 앓이도
난사랑 난사랑 너에게로 다가가 꽃구름 피어오르겠다

매미

십 년이면 강산이 바뀐다는
그 분량만큼 시간을 땅속에서 살다 나와
세상의 빛을 처음 본 순간
가느다란 바늘잎 같은 울음으로 울었다
생에 남은 시간은 일곱 날
굼벵이로 살아온 세월을 잊지 않겠다고
한여름 열대야보다 뜨겁게 운다
울지 않으면 살 수 없는 생이라서
죽음을 기억하는 한 생은 유지된다며 목청껏 운다
매미처럼 죽을 힘으로 울어본 일이 있느냐고 묻는
오후 두 시 사십 이 분
생이 참 아프다

방하착(放下着)

무엇을 내려놓을 것인가
이런 생각마저
집착이 되는 하루
꿈 하나를 묻고
꿈 하나를 캐내어
시름에 잠기는데
통영 앞바다 돛단배
실바람에 실려서 간다

한가위

만월의
은은한 빛깔로
향기롭고 풍성한 한가위 되십시오

부부싸움

우리는 바보 부부다
그것도 너무 무식한 바보들
싸울 줄도 모른다
그런데 화는 나 있다
화해할 줄 모른다
하루 이틀 사흘 나흘
이런 날이 많았다
마음의 상처는 돌처럼 단단해지던 저녁이 있었다
누가 먼저 말을 건네면
봄 눈 녹듯이 해결될 수 있는 일인데도
온갖 상상 속에서 집을 짓다가
물음표를 던지다가
벼랑의 끝에서
머뭇거리는 무식한 바보들

그리움

그리움은
진한 커피 향 같은 것
그리움은
보고픔입니다
그리움은
만날 수 있다는 희망을 가지게 합니다
그리움은
그 누군가를 미치도록 사랑하게 만들고
열대야의 밤처럼
열병을 앓기도 합니다
그리움은
고달픈 희망입니다

한계령을 넘다가

사랑이 뜨겁게 뜨겁게 익어
단풍잎 되어 걸렸나
떨어진 낙엽마다
겹겹이 머뭇거림이 남아있네
길 위에 떨어졌어도
며칠은 내 눈 안에서 물든다
저 뜨거운 사랑
언제쯤 가능할까
한계령 골짜기마다
내리사랑으로 물드는데

삶의 절반을 넘어

삶의 절반을 넘어
섬진강 강변에 서 보면 알겠더라
약한 바람에도
갈대처럼 쓰러져 눕는 날이 많았다는 것을
그대에게 위로받고 싶은 날
그 마음마저 바람에 부서지고
쓸쓸하게 고개 숙인 모습 아프더라
삶의 절반을 넘어
섬진강 강변에 서 보면 알겠더라
작은 언어의 파문에도
갈대처럼 흐느껴 우는 날이 많았다는 것을
그대의 품 안에 안겨 울고 싶은 날
그 눈물마저 추강에 빼앗기고
소리 없는 흐느낌으로 끝없이 흐르더라

인연

어떤 인연으로
전화를 받고
벼랑의 끝에 서 있는 사람에게
도움을 주지 못한 마음은 아프다
어떤 인연으로
문자를 받고
오래도록 생각을 하다가
위로가 되어주지 못한 말들은 아프다
그래서
너와 나 우리는
인연을 붙잡고
하루 종일 마음이 아팠다

겨울나무

    투명한 어둠을 덧그리며 명동을 걷는다 광란의 불빛 사이로 어슴푸레하게 다가오는 흑백사진 한 장 뚝뚝 떨어지는 생각의 잿빛 무늬를 시리게 밟으며 이 밤을 헤인다 눈 내리는 겨울 풍경과 80년대 민주화운동의 마지막 보루로 각인되었던 명동성당 그 외진 골목길을 돌아 네가 되어 걷는다 밤늦도록 술을 마시고 술잔을 비우고 술에 취해서 삶의 뒷전으로 밀려난 군상들이 알 수 없는 낱말의 조합과 몸짓을 술잔 속으로 토해낸다 각으로 이루어진 삶이라서 수평적 만남이 집시처럼 아려올 때 낯선 거리에서 발가벗은 육신을 저울대에 올려놓고 균형을 잡고 싶을 때가 있다 한 잔만 더 할까요 어둠 속으로 밀려난 아쉬운 마음들이 길 위에 쓰러진다 밑줄 친 어둠 속으로 피곤한 영혼을 빈 의자에 기대면 술 취한 여인이 내게 몸을 맡긴다 지하철은 균형 잃은 여인의 중심을 잡으려고 간이역마다 급브레이크를 밟는다 유리창엔 겨울비가 어항 속 열대어의 하품처럼 내리고 나는 어항 속 한마리 물고기가 되어 흑백사진 속에 남아있는 기억을 덧그리며 이 밤을 헤인다

꽃비

내 고향 노모가

봄처럼 아프다고 했네

봄꽃의 낱장처럼 날린다고 했네

소소리바람에

생은 벚꽃처럼 떨어져서

꽃비로 내린다고 했네

꽃비는 봄바람을 타고

지난 초겨울

땅속 깊숙이 묻어둔 무와

쑥 미나리 파 시금치 향기로 다가와

봄물로 가득 적셔준다

택배로 보낸 박스에 노모의 사랑이 삐뚤빼뚤

흐린 세월 속으로 시간이 매몰된다

택배 보냈다

시간 되면 한번 내려왔다가 가거라

마늘종도 뽑아가고

몸조심하거라

누군가 나지막이 울고 있습니다

봄날의 꽃비처럼

풍경소리

고즈넉한 산사에
바람이 불면
길을 묻는 이에게
길이 되어주는
바람의 이야기가 있습니다
버리지 않으면
낮추지 않고서는
울 수 없다며 대신 울어주는
바람의 노래가 있습니다
살아가면서
구할 수 없는 삶의 질문들을
대웅전 앞마당에 풀어놓으면
그것마저 욕심이라고
처마끝 풍경은
합장한 내 손을 부끄럽게 합니다

출근

꿈속에서
자꾸만 잊혀져 가는 그녀에게
마음 한번 주려고
새벽잠을 얼마나 설쳤을까
뚜벅뚜벅
새벽을 깨워보았겠지
조금만 늦어도
기다려주지 않는 그녀를 위해
구겨진 시간을 다림질한 다음에야
만날 수 있는 사랑

은행나무 아래에서

깊어 가는 가을날
나무아래 서면
조금씩
내려놓는 마음이
고운 단풍으로 물듭니다
열매는 사람에게 주고
나뭇잎은 책갈피에게 주고
나목(裸木)은 무소유의 시간을
발효시킵니다
은행나무 아래 서서
사유해도 만족되지 않는
삶의 모순이
부끄러워 견딜 수 없습니다

가을밤

베개에 이마를 묻고 뒤척이는 밤
고향집 청마루에 쓰르라미 울고 있으리
베개에 이마를 묻고 뒤척이는 밤
고향집 지붕 위에 호박은 익어가고 있으리
나목처럼 야윈 노모의 기침은 담벼락을 넘고
고향집 앞마당에는 홍시가 달빛을 품고 있으리

노숙자

바람을 덮고
얼음장 같은 바닥에서 겨울잠을 잔다
한때는 파랑 같은 날들도 있었다
온돌처럼 뜨거운 사랑
연민으로 집어등 밝힌 불면의 밤과
심연의 괴로움 참아내며
한 여자의 남편이자 아버지였을 사람
스스로 자신을 버렸다
버림받아 단단해진 마음을
차가운 바닥에 깔고 뜨거운 눈물로 데우고 있다
행인들의 차가운 시선과
바닥을 보인 소주병을 옆에 두고
자존심은 메주처럼 발효된 지 오래
남루한 옷에서 청국장이 끓는다
과거를 지울 수 없어 내일을 꿈꿀 수 없는 사람
사회에서 버림받은 것이다
버림받아 푸성귀 하나 없는 꿈의 수직
이때 꿈은 지우개다

그날 오후 서울시청 앞 광장에
아이들이 얼음판 위에서 스케이트를 타며
비명을 지르고 있었다

여름날의 꿈

무더운 여름
설익은 감 하나가 툭 떨어진다
천둥 같은 소리
놀란 개미가
매미 사체를 끌고 가다가
줄행랑을 친다
그날 오후
매미가 서럽게 울었다

옛 생각

일을 마친 들녘에 황혼으로 물들면 청마루에 앉아 아버지는 막걸리 심부름을 시키는 일들이 종종 있었다 가기 싫어 억지 부리며 떠났던 길 돌아올 때 야금야금 마신 막걸리에 한 마리 나방처럼 불길 속으로 여울여울 타올랐지 주전자에 술이 줄어 물을 채워 드렸는데 영문도 모르는 아버지는 야박한 세상인심 탓하며 그래도 술맛이 좋다며 술에 취해서 석양에 노을처럼 저무는 날들이 많았다 홍대 앞 주막에 잘 익은 술 있다 하여 좋은 사람을 만나 술잔에 막걸리를 가득 채우고 보니 물 탄 막걸리 마시며 행복해하시던 아버지 생각 부치지 못한 편지처럼 그리움이 막걸리 잔 속에 둥근 달처럼 떠오르고 바람을 담던 고향집 청마루엔 먼지만 한 미토콘드리아 조각들이 헐거운 집을 짓고 있으리

눈꽃

나목마다 눈꽃이 피었다
눈 위에 눈 쌓이고
바람이 겨울 연가를 부르면
아름다운 화음에 놀란 눈가루가
꽃잎처럼 날렸다
사는 일이란
눈가루 같은 것인지도 모른다
가벼우면서도 집 하나 짓는 일
진달래꽃대피소에
무릎 꿇는 나무가
눈꽃으로 겨울 집을 짓고 있다

낙서

그 안에 네가 있다
욕망이 살아서 꿈틀거린다
회색도시 벌레 먹은 꿈이 기어서 간다
내 꿈이 네 꿈을 밟고 서 있다

그 안에 내가 있다
사랑이 하트 모양을 하고 있다
손익계산서 아가페의 사랑이 울고 있다
네 아픔이 내 아픔을 덮고 있다

언어의 조각들로 빛나는 우주

자바섬 워트프란

오호
저 지평선 좀 보게나
수정처럼 빛나는 저 바다 위
어부는 조각배를 띄우고
그물로 희망을 투척하는데
내일이면 돌아갈 시간
생각하지 말게나
오늘만큼은
그 누구에게도
내 삶을 방해받고 싶지 않아
수정처럼 빛나는 저 바다 위

포장마차 가는 길

호떡 사줄까?
아빠 호떡이 정말 맛있죠!
그럼 얼마나 맛있는데

아빠 저기 반달이 보여요
어디
저기 저기에
정말 아름답구나

아빠
반달이 우리를 계속 따라와요
반달도 호떡이 먹고 싶은가 보구나

아빠
반달이 어떻게 호떡을 먹어요
그러니까 우리를 계속 따라오지

꿈을 꾸었어

꿈을 꾸었어
업그레이드 작업을 하는 꿈
그러다가 오류가 있다는 것을 알았어
원인은 알 수 없고 이때 새벽은 빨리 오지
전화벨 소리 따가운 시선
잠든 아내를 보고 꿈에서 깨어났지

꿈을 꾸었어
새벽이 되면 그믐처럼 몇은 졸고
체크리스트는 음표가 되지
시스템 알람 소리는 자장가가 되고
혼과 몸이 분리되는 시간
졸음에 지쳐본 사람은 알아

꿈을 꾸었어
환청이 들려올 때가 있지
죄송합니다
업그레이드 원복을 했습니다
이때 변명은 무엇이 될까
빨랫줄 같기도 하고
고무줄 같기도 해

꿈을 꾸었어
보완 패치가 끝나면
오늘 하루만은
휴대폰을 꺼 두고 싶어
고객 불만 없는 시간을 예약하고
내일이라는 시간의 배터리를 뽑아
그늘에 말리고 싶은
그런 꿈

기다림과 그리움이 진다

상상이 현실이 되고
은유 없는 링크가 빨대를 꽂고
나를 유린한다

빠져들면 헤어날 수 없는 깊은 수렁
가끔 존재의 사유를 물으면서
겨울 창가에 앉아 바람을 가른다

내게
이동통신은 밥이었고 업(業)이었으나
진화하는 변화에 떠밀려
기다림과 그리움 같은 신(神)의 언어는
잊은 지 오래다

아날로그
디지털
스마트
LTE

빛의 속도는
멈춤과 여백을 허용하지 않는다

시루 속 콩나물처럼
휴대폰으로 영화 게임을 즐기고
엄지로 문자를 툭툭 건드리면서
영혼 없는 너에게 모조품 같은 미소를 보낸다

밤늦도록 연애편지를 쓰고
삐삐를 차고 공중전화기 앞에 줄을 서던
그리움과 기다림의 순간을 떠올린다

5G 세상이 오면
기다림과 그리움은 어떻게 될까
가끔 하얀 기억으로 조각모음을 하겠지
그러다가
기억 속에서 영원히 잊혀질지 모를
기다림과 그리움

항주에서

남경에서
버스로 달리면 족히 네 시간
하늘은 천당이요
지상에는 항주와 소주라 했던 곳
그곳으로 간다

어릴 적 부모님을 따라
이곳 항주에 터전을 잡았다는
칠순 노인이 따라주는 서홍주를 받아들고 보니
한민족의 끈끈한 정이
그리움으로 원판 식탁 위에 돌고 있다

중국 지도에는
점으로만 보인다는 서호
인간과 자연이 빚어낸 곳
모래시계 속으로 여행을 떠나다 보면
서호에 출렁이는 물살은 피의 역사가 아니던가

김 교수님이 써준

단교잔설(斷橋殘雪)을 받아들고 생각에 잠기니

눈 내리는 날 돛단배에 몸을 싣고

이곳 서호에서 그 님과 달구경을 그려보네

눈물 꽃

겨울밤
어머니 옆에서 잠을 잔다
잠결에 발로 이불을 걷어차면
어머니는 밤새도록
턱밑까지 이불을 끌어 덮어 주었다
어슴푸레하게 밝아오는 아침
잠에서 깨어보니
어머니가 덮고 주무시던 이불로
아들의 차가운 마음을 따뜻하게 품어주고 있다
거동이 불편한 어머니는 다리를 끌면서
오랜만에 찾아온 아들을 위해
이른 아침 밥상을 차리고 있다
지난 초겨울 땅속 깊숙이 묻어둔
김장 김치를 꺼내어 밥숟가락에 올려준다
사랑으로 지은 밥을 삼킬 때마다
가슴속 물보라처럼 피어나는 눈물 꽃
팔순을 넘은 어머니 앞에서
아이처럼 밥을 받아 먹고 있다

나는 가짜야

비 내리는 날 창가에 서면
예쁜 꽃이 말을 걸어온다
코를 대고 킁킁거린다
향기가 없어 손으로 만졌더니
나는 가짜야 생화가 아니어서
네게 줄 향기가 없단다
사람들은 정말 웃겨
속이지 말고 내 묘비에
모조품이라 써 놓으면 좋겠어
코를 킁킁대는 일도
손으로 만지거나 꺾는 일도 없겠지
벌들아
나는 네게 줄 꿀이 없단다
새들아
내게는 벌레가 찾는 일이 없어서
네게 줄 먹이가 없어
바람아 미안해
내게는 향기가 없단다

내가 아닌 너의 무늬로 살면서
모조품처럼 아주 천천히 잊혀지는
나는 가짜야

모래 사다리

밤이 밑바닥 꿈을 꾼다
벌레 먹은 꿈이 기어서 간다
그는 오르려고 발버둥 치고
나는 내려오지 않으려고 몸부림친다

현수교를 지탱하는 곡선의 케이블이 팽창한다
평생 경쟁하고 줄을 서면서
나는 온갖 긍정의 말씨들을 빨래처럼 늘어놓았고
그는 아픈 마음을 등 뒤로 숨기는 날들이 많았다

버리고 싶어도 버릴 수 없는
닿고 싶어도 쉽게 닿을 수 없는 꿈을 꾼다
나는 품속에서 명함을 만지작거렸고
그는 명함이라도 가져봤으면 좋겠다고 했다

사유는

동적에서 정적으로 옮겨가고

지구별에서 꿈을 꾸다가 직선으로 줄을 선다

와르르 무너지는 모래 사다리 붙잡고 있다

더 이상 내려갈 곳이 없다

낯설기

    나 겨울 강으로 간다네 찬바람에 속살 헤집고 갈대 눕는 강 쓰러지고 부서지고 꺾인 젖내나는 겨울 강에 앉아 지나가는 미풍에도 가슴 아픈 하나의 생각이 둘이 되고 셋이 되는 만상에 젖어 그 힘겨움에 외로움이 독백으로 채워지는 겨울 강 그 겨울 강에 외로움이 쌓이고 쌓여서 고독이 채워지고 채워져서 너무나도 아파서 아픈 부러지고 꺾인 갈댓잎 만날 때 처녀의 속살 내미는 그 부끄러움으로 채워지는 겨울 강 나 그런 겨울 강을 건너고 있다네

손을 가슴에 대고 한 말

괜찮아

할 수 있어

난 행복한 사람

손을 가슴에 대고 수없이 짝사랑했던 말

한 직장에

이십 년을 살았네

사유

매미가 목청껏 운다
여름의 절정
뜨겁게 살고 있느냐고
침잠(沈潛) 하는 나를 깨운다

Comma

잔잔한 호수
파문을 일으키며 오는 너

오전과 오후
낮과 밤
평일과 휴일을 가리지 않고 울어대는
예고 없는 긴급 뉴스로
애간장을 태우는 실체 없는 유령

질문은 급하고
답은 초라해지지
아는 게 많은 것 같지만
사실 아는 것은 아무것도 없어
빈 괄호 안에 물음표만 남발하지
그러다가 남의 생각을 빌려 쓰기도 해
정직한 답이 아니었어

누군가가 말했지

네트워크의 마지막 보루가 아니냐고

그 사람의 고달픔을 위로해주고 싶었을 뿐

허투루 같은 수식어라는 것을 알아

Comma*는 자꾸만 울어대지

급하다고

문제가 뭐냐고

나를 그치게 해달라고 조르지

이때

침묵으로 가벼워지는 시간만큼

기댈 곳이 없다는 것을

Comma는 알고 있어

Comma 울음소리를

멈추고 싶을 뿐

* 사내 구성원 간 또는 구성원과 BP 간 Communication을 지원하는 사내용
  모바일 메신저 App

밥벌이

오후
여섯 시 십 이 분
퇴근길에서 물었네
밥값은 했을까
세상에서 가장 빈천(貧賤)한 질문

노상에서
과일 파는 할머니
아저씨
집에 들어가게 떨이 한번 해주이소
세상에서 가장 무거운 외침

아슬아슬한 밥벌이들의 한숨

설국

오랜 시간 망설였지
설국 기행이 뭐라고
그는 가고 설국은 남았지만
하얗게 지새운 칠흑 같은 밤

문학이 뭐라고
문학이 뭐 그렇게 대단한 거라고
내 안에 분인(分人)으로 동거하는 연민을 붙잡고
한참을 망설였지만
처음 출발한 곳으로부터
돌아보니 멀리도 왔구나

국경의 긴 터널을 지나 신호소에서
고마코를 찾아 설국으로 집을 짓던
그대 생각에 불면의 밤을 보내야 했지만
우리네 삶은 고독을 쫓는 따뜻한 눈사람

이틀이면 금방 눈이 여섯 자나 쌓여
전봇대 전등이 눈 속에 파묻히고
당신 생각을 하며 걷다간 전깃줄에 목이 걸려
다치기 십상이라던 그대의 말
그 누군가를 미치도록 생각하다가
전깃줄에 목이라도 걸려봤으면 좋겠다

신사를 지키고 서 있는
고목(삼나무)은 알고 있겠지
폭설을 뚫고 신을 깨우던 종소리에
나뭇가지에 쌓인 눈이 와르르 쏟아지는데
버거움에 한때는 동백처럼 툭 떨어져
사랑을 버리고 싶은 날들이 많았다는 것을

눈은 내리고
바람에 놀란 눈들이 나뭇가지에 앉지도 못하고
더러는 난분분 난분분 날리는데
그대는 떠나고

독백으로 채워지는 시간
뜨거운 물에 몸을 담그면 애잔한 설화의
풍경이 유리창에 설국*으로 핀다

2017. 2. 10 가와바타 야스나리
설국 기행 유자와에서 쓰다

* 일본 노벨문학상 수상자인 가와바타 야스나리의 소설

겨울 잎새

겨울나무
마지막 남은 잎새처럼 앓았다

가까운 이에게 밟혀서
길을
잃어버린 나

떨어지지 않으려고
겨울바람에
벌거벗은 나를 맡긴 채

소문은
칼바람처럼 매섭고
얼음장처럼 차가워져

잊음증에 무디어진
초심을 흔들고 있다

사랑

사랑이란

자신을 미화시키는

유일한 미용사(美容師)

때론

불면증 환자처럼

어느 때는 성난 파도처럼 다가와

모래성처럼 순식간에 무너지는

Complex

외로운 새 한 마리

내가
네 마음을 아프게 한 것처럼
내 마음은 너무나도 아팠어

네가
내 마음을 아프게 한 것처럼
네 마음은 울고 있겠지

허공을 날아가는 새 한 마리
외로움에 추락하는 시간 비행은 무척이나 힘들 거야

우린
너무나도 마음의 여유가 없었어
하나 되지 못한 마음은
얼마나 시리고 아플까

넌 지금
울고 있지
외
로
운
새 한 마리

사직서

마음속에서
지우다가
쓰다가
찢어버린 연뿌리 같은
바람난
시간이 있습니다

꽉 막힌 입구
젊은이들 아우성인데
Who Am I
바람 들어
이미 죽은 나를
자꾸 버리려고 합니다

거울 속에 핀 꽃

화장을 한다
얼굴에 essence를 바르고
eyebrow pencil로 눈썹을 그리고
입술에 립스틱 짙게 바르면
저녁노을처럼 물든다

화장을 하는 것은 오래
지우는 것은 순간이지만
꽃을 피우기 위해
비좁은 공간을 헤집고
사람들의 시선과 경계에서
새색시처럼 화장을 한다

저 붉은 입술
입술 하나 살포시 포개면
한 송이 장미꽃으로 피어
꽃처럼 웃고 있는 사랑

거울 속에 핀 꽃 아름답다

차창에서

하얀 안개꽃으로 물들이며
마파람에
부서지는 세월의 여수(旅愁)

한없이
낙하하는 생활의 저변에서
나는
지금 어디로 가고 있는가

투명한
유리창엔 청도라지 빛 고향하늘 어려오고
푸르른
하늘을 수놓는 어린 날의 표상

저 멀리

석양에 노을을 한 아름 안고

그림자 밟으며

가는 나그네 여독을 그 뉘가

그 뉘가 알아주리오

수호천사

혼들리는 나를 보면서
혼들리는 너를 보지는 못했다

혼들리는 너를 보면서
많이도 아플 거라고 생각했지만
너의 아픔을 알지는 못했다

혼들리는 나를 보면서
넌 나의 수호천사라고 말했지만

아픈 마음 숨길 수가 없었다

내 아픈 마음을
안아주는 넌 나의 수호천사

12월의 스케치

마지막 남은
잎새처럼 앓았다
넌 나를 밟고
난 너를 밟고서 줄을 선다
한때는
수평으로 꿈을 꾸던 우리
A
B
C
한해의
고과(考課)를 피드백 받고
돌처럼 단단해지던 저녁
열심히 할 수는 없었을까
색바랜 다이어리
첫 장에 쓰인 초심을 붙잡고
길 잃은 십이월
가슴앓이를 한다

인사이동

슬프다
내가 사랑했던 자리마다
폐허다
내게 왔던 사람들
어딘가 몇 군데는 상처 입고
부서져 떠나간다
애잔한 마음으로
침묵의 눈빛으로
행운을 빌며
술잔을 채우고 비운다
차마 건네지 못한 말들은
슬픔
남는 자의 몫
폐허 속에 감춰진 사랑

당신의 아들은 나쁜 놈이지요

어머니
아들을 위해 두 손 모아 기도하지 마십시오
좋은 직장 들어가서
예쁜 여자 만나 결혼하고
자식 한두 명 낳고 살다 보면
그때 어머니께 잘하려고 했었지요
당신의 아들은 나쁜 놈이지요

어머니
이제는 당신을 위해서 기도하십시오
직장에 오래 살아남아서
자식놈 좋은 대학 보내고
집 장만 하고 살다 보면
그때 어머니께 잘하려고 했었지요
당신의 아들은 나쁜 놈이지요

어머니
오십을 사는 못난 아들 얼굴에도
검버섯이 피고 골짜기가 내려앉았네요
문안인사 한 통화에도
계산을 하며 사는 날들이 많았습니다
당신의 아들은 나쁜 놈이지요

어머니
당신의 아들이 그랬던 것처럼
내 아들이 잘할 거라는 생각은
버리고 살아야겠어요
한시도 어머니를 잊은 적은 없지만
잊고 사는 날들이 많았습니다
그래서 당신의 아들은 나쁜 놈이지요

들꽃

단성IC에서 시천 방향으로
20번 국도를 따라 흐드러지게 피어 있는 들꽃
그 들꽃처럼 살고 싶다

비가 오나
바람 불어도 미소 지으며 고개 흔드는 들꽃
그 들꽃처럼 살고 싶다

오늘 그 사람을 만나면 무슨 말부터 할까
내가 만약 그 사람의 아픔을 쓰다듬어 줄 수 있다면
말없이 그에게 다가가 들꽃처럼 피고 싶다

가을

가을은
뜨거운 뙤약볕 아래에서
영혼을 불사르며 영면하는 매미의 향연에서
가을은 오는가 보다

가을은
애가 닳도록 말라가는 입술
허물 벗고 돋아나는 새살에서
가을은 열리고 있나 보다

가을은
폭염 속에서
뜨거운 계절을 달구었던 선풍기 프로펠러
쌓인 먼지를 털어내는 아내의 손놀림에서
가을은 익어가고 있나 보다

가을은

들판에 익어가는 고개 숙인 벼 이삭

풍년을 기약하는 주름살 펴는 농심에서

가을은 끝나가고 있나 보다

길

얼마나
많은 것을 소유하고 싶었을까
걸으면 걸을수록 멀어지는 꼭짓점 하나
다가가면 다가갈수록 여러 갈래로 나뉘어 있는데
오늘도
길을 가다 보면 아득히 밀려오는 서러운 추억의 발자국
그래도 걸어야 한다면
무지개 사랑이

고향 친구

보고 싶었다
많이 보고 싶었다
불혹의 중반에 장가간단다
친구야 오랜만이다
그냥 보고 싶어 전화했어
요즈음 뭐 하고 지내
마늘종 뽑고 모내기 준비하고 많이 바빠
그 친구도
내가 많이 보고 싶을 게다
끝까지 장가간다는 것을 숨긴 친구
그 친구의 여자가 보고 싶다

개똥철학

人生의 合이 百이라면

七十은

제정신으로 살고

二十은

미치고

十은

빈 여백을 남겨두고 살아가는 것

돌아가고 싶은 날들의 풍경

바람 불고
어둠 내리고
황량한 겨울 거리에
벌거벗은 나무를 보면서
생각을 했지요
추운 날에
많이도 아픈 날에
저렇게 옷을 훌훌 벗어버리는 나무는
바보가 아닐까
그런 생각을 했지요
봄이 가면
여름 오고
여름가면 가을 겨울 오는데
아직 아무것도 변한 게 없구나
그런 생각을 했지요
오래된 미래를 꿈꾸어 본 일이 있나요
미래를 걱정하면서
아무렇게나 살고 있지는 않던가요

변화에 익숙해질 때쯤
다른 변화를 걱정해 본일은 없었나요
새로움이란
많이도 아픈 거라고
방황의 시간을 따라 길 잃은 철새가 되고
그 힘겨움에
돌아가고 싶은 날들의 풍경을
죽도록 사랑하는 거라고 생각했지요

이방인

지금 나는 어디로 가고 있는가
우리는 살면서
그것을 자신에게 가끔씩 묻습니다
지금 나는 어디로 가고 있는가
우리는 살면서
우리가 찾아가야할 길을 모릅니다
우리가 경험하는 이 우주는 인연따라
지나가는 과정에 불가할뿐
우리가 추구하는 이상(理想)은 아닙니다
그 길에 도착하기까지
우리 모두는 이방인(異邦人)입니다

풍경소리

1판 1쇄 발행 2018년 7월 31일

지은이 박갑성
발행처 예미
발행인 박진희

출판등록 2018년 5월 10일(제2018-000084호)

주소 경기도 고양시 일산서구 중앙로 1568 하성프라자 601호
전화 031)917-7279   팩스 031)918-3088
전자우편 yemmibooks@naver.com
ISBN 979-11-964106-0-5 (03810)

이 도서의 국립중앙도서관 출판예정도서목록(CIP)은 서지정보유통지원시스템 홈페이지
(http://seoji.nl.go.kr)와 국가자료공동목록시스템(http://www.nl.go.kr/kolisnet)에서
이용하실 수 있습니다. (CIP제어번호 : CIP2018020707)